AF236571

Die Kraft des Amuletts

von Alexander Fitze

Impressum

Die Kraft des Amuletts   von Alexander Zerth

                                      2. Auflage vom 15. September 2020

(Hrsg.) V.i.S.P: Hans-Jürgen Sträter
                                      Wacholderstr. 26
                                      26639 Wiesmoor
Tel.:   04944-5815

Verlag und Herstellung: Books on Demand, Norderstedt

ISBN: 9783751976770

Lektorat: Anna Tappe

Cover-Foto: Lea Schäffler

Vorwort

George bekommt von seinem Opa ein Amulett geschenkt. Als er plötzlich bemerkt, dass auch Räuber hinter dem Amulett her sind, warnt er seinen Opa und erhält noch einen Ring. Amulett und Ring verschmelzen miteinander und verleihen George die Macht, stets den ehrlichen und vor allem den guten Weg zu gehen.

Mit der Gabe, richtige Entscheidungen zu treffen, aber auch durch Schwarze Magie, die ihn immer wieder zum Bösen verleitet, regiert er schließlich ein Königreich und wird sogar ein fairer Herrscher.

Die Kraft des Amuletts

An einem grausigem Samstag wurde George geboren. Während die Hebammen dafür sorgten, dass er es warm hatte, schrie er aus Leibeskräften. Sie legten ihm ein weiches Leinentuch um seinen kleinen Körper. Weil er die Anwesenheit seiner Mutter spürte, die ihm zärtliche Wärme und Zuneigung bot, beruhigte er sich langsam. Kurz darauf kam sein Vater ins Zimmer gestürmt, um endlich seinen Sohn in die Arme zu nehmen. Strahlend schaute George ihn an. Genau in diesem Moment erledigte George zum ersten Mal sein großes Geschäft mitten in das Gesicht seines Vaters. Dieser begann daraufhin, wie jeder im Raum, zu lachen. Georges Lieblingsbeschäftigung wurde das Erkunden und er berührte mit seinen kleinen Fingern jede Ecke des Hauses.

Zu seinem fünften Geburtstag wurde er als erstes zu seinem Opa geschickt, einem alten aber sehr weisen Mann, der für seinen Enkel ein ganz besonderes Geburtstagsgeschenk hatte.

Als George klingelte kam erst Knurrer zu Tür, ein Wolfshund, dem Richard vor Jahren mal das Leben gerettet hatte. Das Tier, welches George gegenüber bisher immer sehr freundlich und entgegenkommend gewesen war, ließ ihn seine Zuneigung auch jetzt wieder spüren.

Als sein Opa ihm die Tür öffnete sagte er: „Hallo George. Ich wünsche dir alles Gute zum Geburtstag. Komm mit, ich habe etwas ganz Besonderes für dich." George war sehr nervös, denn er hatte nun alles mögliche im Sinne, was sein Opa ihm schenken könnte. Sein Opa sagte ihm, dass er auf der Jagd ein Amulett gefunden habe, welches er nicht gebrauchen kann. Deshalb wolle er es ihm schenken.

Wer weiß, vielleicht hat es ja magische Kräfte?! Voller Stolz über sein Amulett läuft er nach Hause, um es allen zu sagen. Plötzlich leuchtet es und George wird unsichtbar. Da er aber Stimmen hört, scheint er immer noch da zu sein.

Kurz darauf kommen ihm ein paar Räuber entgegen und George befürchtete, dass sie sich seinen Opa als Opfer ausgesucht hatten.

Weil er dies vermutete, rannte er zu seinem Opa, in dem er seine übliche Abkürzung nutzte. Bei ihm angekommen, berichtet George seinem Opa, was er vermutet. Dieser glaubt ihm und gemeinsam verstecken sie sich im Schuppen. Allerdings hatte Richard ein Schachtel bei sich, die George ein Rätsel aufgab.

Nachdem die Räuber nichts gefunden hatten, zogen sie weiter und George und Richard konnten wieder tief ausatmen.

Da Richard nun wusste, dass auch der Inhalt der Schachtel für George bestimmt war, überreichte er sie ihm. Die Schachtel beinhaltete einen seltsamen Ring und George vermutete, dass die Räuber es auf dieses abgesehen hatten. Nachdem George den Ring gegen das Amulett gehalten hatte, erschien ein noch helleres Licht.

Als das Licht abermals abschwächte, waren der Ring und das Amulett miteinander verbunden. Da sein Opa sagte, dass er von nun an eine Aufgabe hatte, beschloss George, das Amulett immer zu tragen.

Richard merkte an, dass nur Goberat, der Zauberer, ihm sagen könnte, welche Aufgaben ihn erwarten würden. Dieser lebte im Wald und herrschte dort über die giftigen Pflanzen. Niemand außer Richard hatte bisher einen Fuß in diesen Wald gesetzt. Dieser gab seinem Enkel ein Schreiben mit, welches ihm Einlass in das Reich gewähren sollte, ohne das George der Gefahr einer unheilbaren Vergiftung ausgesetzt wäre.
Da es George rätselhaft erschien, dass Richard zu diesem gefährlichen Wald Zutritt hatte, fragte er seinen Großvater danach. Vor einigen Jahren hatte Richard zufälligerweise einen Banditen aufgehalten, welchem dabei eine seltsame Pflanze aus der Tasche fiel. Da Richard nicht wusste, was er mit dieser Pflanze anfangen sollte, brachte er sie zu Goberat, welcher sich sehr freute.

Der Grund dafür war, dass diese Pflanze, die ein seltenes Gegengift innehatte, ihm vor längerer Zeit gestohlen worden war.

Richard bat George darum, nicht einmal nach Hause zu gehen, um seinen Eltern zu sagen, dass er für eine lange Zeit nicht da sein wird. Seine Familie war sehr erfreut darüber, dass sich George einer so großen und schwierige Aufgabe stellen wollte und gaben ihm die nötigen Dinge mit, die George auf seiner Reise zur Hilfe und zum Überleben wichtig sind.

Der Abschied verlief relativ normal, denn die Freude über sein Wiederkommen würde die Familie eher dazu veranlassen, Tränen zu lassen. Da es allerdings schon spät am Nachmittag war, befahl Richard, dass George erst am nächsten Morgen losgehen sollte, um den in der Nacht lauernden Gefahren wenigsten anfangs zu entkommen.

In aller Herrgottsfrühe wurde George von Richard geweckt, welcher bereits das Frühstück vorbereitet hatte. Beide fütterten genüsslich, bis schließlich nicht eine einzige Bohne mehr in sie hineinpasste.

Er ging jedoch nicht den normalen Weg, sondern eine Waldstrecke, die von Goberat überwacht wurde. Im Wald hörte man weder Vogelgezwitscher noch Frösche oder Insekten. Nach kurzer Zeit wusste George warum.

Denn zu seiner Rechten waren riesige Bonsaikaniboren, fleischfressende Pflanzen, die offenbar nur dann angreifen, wenn jemand so richtig nahe an sie herankommt, doch das wollte George wegen der Unübersichtlichkeit lieber nicht riskieren.

Plötzlich hörte er eine Stimme: „Wer ......ist da?" George war baff! „Geeorgee!" „Du bist George, nun denn, folge dem Pfad bis zu einer grünen Weidenpflanze. Georg war die Angst ins Gesicht geschrieben.

Er befolgte der Anweisung der Stimme und schritt zu dieser grünen Heckenpflanze. „Gebe mir ein Grund, dich nicht gefangen zu nehmen, George!"

„Ich habe hier ein Schreiben von Richard, wenn ihr Goberat seit, kennt ihr ihn sicher!"

„Oh ja, zeig her.......mh, du scheinst nichts Schlimmes im Schilde zu führen, trete ein."

„Hallo George, setzt dich!" George hatte nun das Gefühl, er war in Sicherheit, deshalb machte er einen gelassenen Eindruck und setzte eine befreite Miene auf. „Nun George, was führt dich zu mir?"
„Dieses Amulett Herr!" „George, nenne mich ruhig Goberat! Ich tue dir nichts, ich bin nur auf Nummer sicher gegangen, denn ich wurde einmal beraubt, du brauchst dich nicht mehr zu fürchten! Die Inschrift besagt, dass derjenige, der dieses Amulett bei der Verschmelzung mit dem Ring der Kraft trägt, den Menschen im südlichen Drachental helfen soll.

Nun George, ich habe schon gehört, dass dort Menschen versklavt werden, und sie bekommen weder Essen noch Trinken. Du sollst dort hin und mit Hilfe deines Amuletts diesen Menschen helfen!"

„Aber wie finde ich dorthin?" „Ich werde dir eine meiner seltensten Pflanzen mitgeben, die Ortsgade. Sie weißt dir den Weg, indem sie mit den Pflanzen in deiner Umgebung spricht. So erfährst du, wo Gefahren lauern, wo der sicherste Weg ist und wo du eine Ort findest, der dir Schutz bietet!" „Danke sehr, das wird mir bestimmt helfen! Ich denke, ich habe auch noch etwas für dich!" „Was könntest du für mich haben, da bin ich echt gespannt!" „Hier, eine Frohperle!" „Oh, das ist für mich tatsächlich verwendungsfähig, danke, nun, habe ich als Gegenleistung noch etwas für dich..." „...aber, du gabst mir bereits die Ortsgade, mehr kann ich nicht verlangen!" „Es handelt sich um ein zusätzliches Geburtstagsgeschenk. Falls du verletzt oder ausgehungert bist, kannst du diese Heilungsstange mit Wurzeln verwenden, um wieder völlig gesund zu werden. Benutze sie aber bedacht und nur im Notfall."

George konnte es nicht glauben, er hatte nun so viele Dinge geschenkt bekommen und das für eine wohl sehr lange und wichtige Reise.

Er wollte sich gerade auf den Weg machen, als Goberat ihm noch was mitteilen wollte: „Tipp, reise am Tag, schlafe in der Nacht, so kannst du auf jeden Fall immer gesund und ohne gesundheitliche Folgen deine Weg gehen!"

Mit diesem Satz setzte er sein Weg fort, er nahm den Weg in dem er die Ländereien aufsuchte. Dort konnte man alles im Überblick behalten, mit 14 Jahren war das überlebenswichtig! Doch es lief anders wie erwartet, denn eine Gruppe Räuber kam ihm entgegen, und er hatte es zu spät bemerkt, versuchte aber noch hinter einem Busch sich zu verstecken

Auf einem leuchtete das Amulett, die Räuber gingen vorbei. Sie sahen ihn, aber auch wieder nicht, offensichtlich hatte das Amulett George wieder unsichtbar gemacht!

Zum Glück dachte er. Ein Dorf, endlich ein Ort, wo er essen trinken und schlafen konnte. Er musste nichts bezahlen, jedes mal wenn es zu der Frage kam, wieviel bezahlt werden musste, schaute die Person George an und sagte: „Das geht alles aufs Haus!"

Er lief zu einem Magierhaus und war so neugierig, dass er dort hinein ging. Eine Glocke signalisierte dem Magier, das er Kundschaft bekommen hatte. George fand einiger Heilmittel, und eine Drachenstatue Diese Sachen brachte er zur Kasse und wollte bezahlen, doch dieses mal sagte der Mann: „Mit mir nicht, aber......du musst George sein,oder?" „Woher wissen sie das?" „Ich hab's gesehen, und werde dir einen langen Weg ersparen. Wenn du durch dieses Portal gehst, bist du dort, wo du den Menschen helfen kannst!"

George wusste nicht so recht, ob er durchgehen sollte oder nicht? Was, wenn der Magier ein Schwarzer Magier war, und das Portal führt in die Hölle oder in die Schattenwelt?

Aber sein Instinkt deutete auch auf das Portal und so ging er hindurch...

Ein riesiger Vulkan brach direkt vor seiner Nase aus, doch er wurde nicht davon verscheucht, denn sein Amulett leuchtete abermals und dieses mal flog er.

Das Amulett setzte ihn auf einer Lichtung ab, er duckte sich und sah, wie viele Menschen an Ketten gefesselt arbeiten mussten. Alle sahen sehr geschwächt aus!

Er rannte rüber und löste die Fesseln, doch das war nicht der richtige Weg, denn sein Amulett leuchtete keinesfalls. Stattdessen erschienen von allen Seiten Wachen, die in gefangen nahmen. In seiner Zelle grübelte George darüber, was er falsch gemacht hatte, dann fiel es ihm ein! Und in diesem Moment leuchtete sein Amulett und teleportierte ihn wieder auf die Lichtung. Er wusste nun, was zu tun war. Er schlich sich zu Löschzentrum und ging zu den Halterungen. Ein Vorhängeschloss sorgte dafür, dass das Gebäude standhielt.

Mit Hilfe des Amuletts gelang es ihm, das Vorhänge-schloss zu öffnen, dann sorgte er dafür, dass alles zu wackeln begann und machte sich schnell aus dem Staub,wieder zur Lichtung. Staunend konnte er mit ansehen, wie das Löschgebäude in sich zusammenfiel. Das ganze Wasser sorgte dafür, dass das Feuer einen grellenden Dampf auslöste. Dies war das Signal, der Moment, um die Menschen zu befreien.

George rannte nach unten und löste die Ketten. Dann hielt sich jeder an der Hand des anderen fest und sie folgten ihm bis zur Lichtung.........

„Wer, wer hat uns gerettet? Du hast uns gerettet, aber wie?" „Mit der Hilfe meines Amuletts!" Eine ältere Dame schritt George entgegen und sagte „Wie können wir flüchten? Bis nach hause ist es sehr weit!" Nun, George dachte nach, dann schloss er seine Augen und wünschte sich, wieder zu hause zu sein. Als er seine Augen wieder öffnete, war er nicht zu hause, aber im Wald von Goberat!

Doch sie wurden noch immer verfolgt. Im Hintergrund sprach eine Stimme,es war Richard: „Schnell, hierher, dann seit ihr gerettet!" Sie rannten zu ihm, doch die jüngste im Bund stolperte, aber George rannte zu ihr und half ihr.

Sie trug ein Kronjuwelenhemd! ,,Wer bist du?" „Ich bin Seraphin, die Königin aus dem Eichenland. Niemand der einem Magier ähnelt, darf mich finden, sonst ist es aus!"

Richard kam ihnen entgegen, die Verfolger wurden von den giftigen Pflanzen gefressen. Doch als sich George zu seinem Opa umschaute, verwandelte er sich in einen Schwarze Magier und nahm die Königin mit in sein Haus. George hatte sich rein legen lassen, denn der Schwarze Magier hatte was ganz bestimmtes vor, er wollte ein Kind mit der Königin, damit er Thronfolger von Eichenland wird. Gerade als George in die Hütte kam, sah er, wie der Schwarze Magier die Königin ,die noch so junge wunderschöne Königen vergewaltigen wollte.

19

Da leuchtete das Amulett von George, der Schwarze Magier verbrannte und die Königin schritt zu George und umarmte ihn. „Danke, du hast mir das Leben gerettet! Ich möchte, dass du mich zur Frau nimmst, herrsche mit mir über mein Königreich!" George wollte aber erst die Menschen nach hause bringen, doch das war bereits geregelt. Goberat war erschienen und brachte die Menschen nicht nur nach heim! Er sorgte auch dafür, dass sie geheilt wurden! Trotzdem war George in Gedanken, wie würde sein Leben aussehen als König. Er hätte viele Verpflichtungen, die sehr stark einzuhalten sind, seine Familie würde er auch seltener sehen, als es ihm lieb wäre, war es das Wert?

Er bat Seraphin darum, noch etwas Geduld zu haben, er wollte diese so wichtige Entscheidung mit seiner Familie ausmachen, doch zunächst wurde er von Richard und Goberat erwartet, diese hatten etwas wichtiges mit George zu besprechen! Denn sie wollten ihm erzählen, wie es zu dieser Art Zauberstörung kam, sodass statt Richard ein Schwarze Magier erschien, um Unheil zu vollbringen.

Nun, es gab Zauberer, die selbstverständlich eine höhere Macht hatten, wie das des Amuletts und deshalb hatte dieser Schwarze Magier das Amulett verzaubert, indem er George eine Täuschung sehen lassen konnte. Es war eine Illusion, in die George natürlich nur den eigenen Opa erkannte und nicht die schwarze Mächte.

Jetzt war es an der Zeit, nach Hause zu gehen, um die Familie wieder in die Arme zu nehmen. Doch eine Frage hatte George noch an Goberat, er wollte wissen, ob dieser Schwarze Magier auch der Magier in dem Zauberladen war?

Goberat aber war nun sehr verwirrt, denn dies war seltsam, der Schwarze Magier war nicht der Magier in dem Zauberladen, aber wer war es dann? Da fiel ihm plötzlich ein, dass er früher einen Zauberer als guten Freund hatte. Dieser war mit ihm zur Schule gegangen, hatte aber eine andere Richtung eingeschlagen, nämlich die Zeitumwandlung. Er heißt Drogoban und ist sehr weise!

Die Zauberschule,auf die Goberat und Drogoban früher zusammen gingen, verlief 30 Jahre lang ausnahmelos gut, doch dann hatte sich ein Zauberer gegen die Macht der Weißen Magier gerichtet.

Dieser wurde zu einem Schwarzem Magier. Damals hatte Drogoban seinen Zauber so einsetzten können, dass er in eine völlig andere Gegend teleportiert wurde. So hatte er sein Leben gerettet!

George hörte sehr gespannt zu, während die Sonne ihre Farben strahlen ließ, sodass jede Pflanze im Wald nach Energie greifen konnte, ohne verbrannt zu werden. Er machte sich nun auf den Weg nach Hause, um seiner Familie nach der dann doch eher kurzen Reise wieder in die Arme nehmen zu können.

Doch er fand niemandem, selbst als er ins Haus ging und nach jemandem rief,........Totenstille. Ein verabscheulicher Geruch fiel ihm in die Nase, er kam aus dem Schuppen. Was er dort sah, steigerte nicht nur seine Wut, er brüllte so laut, als ob gerade die Welt untergegangen sei.

In dem Schuppen,in dem er sich aufhielt, hingen fünf Leichen an Seilen,scheinbar erhängt, es waren sein Vater, seine Mutter, seine beiden Schwestern und sein Onkel, Neben den Leichen hing ein Zettel, auf dem stand: George, du hast deine Eltern im Stich gelassen, weil du dich mit der Schwarzen Magie angelegt hast. Das war ein Fehler! Dein Opa ist auch bald dran. Dann hast du niemanden mehr, der dich liebt oder dich will!

George war schockiert, nur er empfand keine Wut, er weinte nur, er schnitt mit dem alten stumpfen Messer die Seile ab und begrub seine Familie. In diesem Moment kam Richard entgegen, der seinen Enkel in die Arme nahm.

George aber war misstrauisch und wollte wissen, warum denn ausgerechnet Richard noch am Leben war? Nicht, dass er ihn nicht leiden konnte, aber er fand es sehr seltsam, darum fragte er ihn: „Opa, hast du das alles nicht mitgekriegt?

Du bist doch jeden Tag bei uns, zum Mittagessen, um mit Lisa und Sessilia zu spielen und um alte Geschichten zu erzählen. Sie müssen doch geschrieen haben! Keine Hilfeschreie? Nichts?...............

Das glaube ich dir einfach nicht, du bist alt, aber weise, du musst das gewusst haben. Op........????
George konnte seinen Satz nicht mehr zu ende sprechen, da sich der scheinbare Opa wieder in den Schwarzen Magier verwandelt hatte.

Dieses mal hielt er eine schwarze Substanz dicht an Georges Körper. Dieser konnte sich gerade noch befreien, indem er seinem eigentlichem Opa in den Magen boxte. „Hahahahaha, George es ist zu spät, du bist zu spät. Dich auf die Reise zu schicken, war ein Kinderspiel, wie ich bemerken durfte. Meine Macht hat sogar gereicht, um Goberat zu verzaubern. Dieser dumme Zauberer hat sich in die Wälder verzogen und dich im Stich gelassen.

Ich habe schön sinnlich dein Amulett verzaubert. Bevor ich es dir gab,da war ich schon der Schwarze Magier. Soll ich dir noch was verraten? Hahahaha, mein Schüler schlüpft gerade aus deinem kleinen erbärmlichen Friedhof. War dort nicht deine Mutter begraben, diese Schlange. Ihr Essen schmeckte schlimmer als Grabwasser mit Kuhmagen. Ich habe deine Mutter vor ihrem Tod geschwängert, sie hat nun ihre wichtigste Aufgabe in ihrem Leben erfüllt,.........hahahaha!"

„Du Schuft, ich habe dir jahrelang vertraut, wofür? Damit du meine Familie umbringst? Ich werde dich umbringen!" George hatte nun ein solchen Hass auf den Magier, hätte er jetzt ein Messer in der Hand gehabt, so wäre er wohl so auf ihn losgegangen! Der Magier grinste schäbig, dann ließ er einige sehr harte Worte los. Offenbar war es sein Wille, dass George ihn angriff!„George, du Schlammblütler, deine Seele wurde umsonst geboren, du bist eine Schande, genau wie deine Familie. Es tat sehr gut, deine Mutter zu nehmen, ja, nicht übel.......!"

Das reichte George. Er rannte in den Schuppen und holte eine alte Lanze raus, die sein Vater früher als Soldat benutzt hatte und stach dem Schwarzen Magier ins Herz............

„Sehr gut, George, töte mich! Mein Nachfahre wird dein Schüler, zusammen werdet ihr die Schwarze Magie unbesiegbar machen,....... hahahahahaha!"

„Nein!" brüllte George. Er rannte ins Haus und holte hastig die Ölflasche und kippte dies über das Grab seiner Mutter aus, aus dem schon die Hände des nachfolgenden Magiers krochen.

Schließlich nahm er die Tischlampe und warf sie zu Boden. Das Grab brannte, doch es war zu spät. Der kleine Magier brannte zwar, starb aber nicht, sondern wurde größer und größer durch das Feuer.

Zuletzt biss der Magier George, der schnell merkte, wie ihm kalt und schlecht wurde, bis er schließlich alles nur noch negativ sah.

„George, mein Schüler, gehe zur Königin von Eichen-land und schaffe mit ihr ein Kind, wenn sie nicht freiwillig will, mit Gewalt!"

George war trostlos. Er nahm sein Amulett ab und warf es Kilometer weit weg, dann machte er sich auf den Weg zum Königreich. Die Königin war gerade dabei, im Wald einen genüsslichen Spaziergang zu machen. Plötzlich sah sie etwa zehn Meter von ihr entfernt etwas blinken.

Sie rannte hin und fand ein leuchtendes Amulett. Sie ließ ihren Korb fallen, da sie meistens nach schönen Blumen suchte und rannte zum Königreich zurück, das in Flammen stand.

In letzter Sekunde erschien sie, um George davon abzuhalten, das ganze Haus zu verbrennen. Alle waren Tod, die außerhalb der Mauern lebten.

George schnaufte und flüsterte: „Ich möchte ein Kind mit dir, jetzt sofort!" Die Königin Seraphin war sehr verwirrt, doch gab sie eine Antwort darauf: „Lass uns erst einmal heiraten. Vor der Heirat darf die Königin mit keinem Verlobten schlafen, das weißt du doch!"

George aber machte den Eindruck, diese Worte zum ersten mal gehört zu haben. Er stöhnte auf und brüllte: „Nun, wenn du es nicht auf diese Weise willst, dann mit Gewalt!"

George zog ihren Körper heftig an seinen und riss ihre Unterwäsche mit einem Schwung runter. Dann zog er seine Hose runter und wollte beginnen, was der Schwarze Magier von ihm verlangt hatte!

Wundersamer Weise, genau in diesem Augenblick leuchtete das Amulett, das Seraphin noch immer bei sich trug und öffnete George das Tor in die zurück kehrende weiße Magie.

Erst jetzt begriff er wieder, wer er wirklich war, und dass er alles andere im Sinn hat, als die wunderschöne Seraphin auf unschöne Art und Weise zu missbrauchen. George stand auf, schaute sich um und fand ein Leinentuch, das er ihr von hinten um ihren Körper legte.

Er versicherte, dass ihm abermals die schwarze Magie eingeholt und in seinen dunklen Bann gezogen hatte. Doch das Amulett bewies nicht zuletzt seine Macht, die der weißen Magie, die der guten Magie, die die George brauchte, um nicht in den Wahn zu verfallen, böse Dinge zu tun.

Seraphin strahlte ihn an und nahm ihn an die Hand und ging mit ihm ein paar Schritte. Doch George hielt inne, er ließ sich in die Hocke fallen, als ob er etwas aufheben wollte. Aber dies schien nicht in seinem Vorhaben zu sein, denn er sah sie an und sprach: „Seraphin, das Schicksal meint es gut mit uns. Immer wieder lässt das Amulett zu, dass wir beide zueinander finden.

Wenn das kein Grund ist, den Platz an deiner Seite, den Platz in deinem Königreich einzunehmen, weiß ich auch nicht weiter!"

George nahm ihren Ringfinger und setzte ihr einen mit einem blauen Diamant verziertem Ring an ihren linken Ringfinger und sprach abermals: „Ich weiß, dass wir beide eine gute und sichere Zukunft haben werden, die vielleicht auch Gefahren mit sich bringt. Ich liebe dich, deshalb frage ich dich. Willst du meine Frau werden?" Seraphin kamen die Tränen, Liebesblicke strahlten aus ihrem Gesicht, anziehend schaute sie auf George und sagte: „Ich könnte mir nichts Schöneres vorstellen, als mit dir mein Königreich zu führen und deine Frau zu werden, denn ich liebe dich auch!" Ein sinnlicher Kuss folgte, der die wahre Liebe zwischen Seraphin und George deutlich machte und beiden das Gewissen gab, die richtige Entscheidung getroffen zu haben!" Zusammen blickten sie in die weite Ferne und bestaunten den Sonnenuntergang, den auch die singenden Vögel genossen.

Der Sonnenuntergang spiegelte noch auf dem See,wie eine atemberaubende Lichtquelle, die nur Gutes im Sinne hatte.

Dieser sinnliche Moment wurde auf unglücklicher Art unterbrochen, denn die Wachen hatten von der Trauung ihrer Königin nichts mitbekommen und richteten ihre Lanzen auf George. Doch genau im richtigen Augenblick überkam Seraphin die Gelassenheit, sie setzte ein: „Halt! Lasst eure Lanzen nieder, ihr bedroht euren König, seht euch vor!"

Alle Wachen ließen die Lanzen von George ab und verneigten sich vor ihm! „Verzeiht, mein König, verzeiht meine Königin, wir konnte ja nicht wissen, dass......" „Nein,natürlich konntet ihr das nicht wissen, deshalb bitte ich euch, steht auf und bereitet ein Hochzeitsfest vor!" Die Wachen machten sich sofort auf den Weg und sorgten dafür, dass alles seine rechte Ordnung hat.

Ein großes Fest wurde gefeiert, bei der jeder Bürger seine Freude über das Königspaar zeigen konnte, denn die Tische waren sehr reich gedeckt! Musik wurde gespielt. Die Kinder machten einen Kreis und drehten sich,dabei ließen sie bunte Bänder herum wedeln, die einem bunten Farbenwirbel glichen, der den Traum der ewigen Freiheit zeigte! Einige Künstler demonstrierten auch ihr Können: Feuerspucker, Jongleure, Clowns und Joker brachten Erstaunliches und Freude. Das Fest zog sich über die Nacht hinaus und erlaubte immer wieder Spaß und Freude. Keiner war jetzt da, der schlechte Laune hatte oder nicht satt wurde.

Die strahlende Sonne weckte das Königspaar, das noch bis eben tief am schlummern war.

George bat sein Volk um Aufmerksamkeit, um die Mittagszeit sollten sich alle auf dem großen Marktplatz eintreffen! So geschah es und alle waren sehr neugierig auf die anstehende Rede ihres Königs.

„Liebe Bürger des Eichenlandes, ich bin stolz darauf, euer König sein zu dürfen! Nun möchte ich ankündigen, dass ich Steuern einführen werde..... Dieser Satz ließ alle Bürger zusammen schrecken. Schock in jedem Gesicht... aber sie waren nicht davon überzeugt, dass George seine Bekanntgabe ernst meinte, und mit diesem Gedanken hatten sie gar nicht mal so Unrecht, tatsächlich grinste George und sagte..... „Ich werde Steuern einstellen, aber ich habe nicht die Absicht, hohe Steuern einzustellen! Ich werde nur soviel Steuern nehmen, dass jede Familie noch gut leben kann, ohne Hungersnot zu erleiden. Niemand soll hungern, jeder soll Arbeit bekommen und wenn er Holzfällen muss. 34

Aber jeder, der was essen will, muss was etwas dafür tun. Das Wasser ist von der Natur freigestellt und damit frei zugänglich für Jedermann, der ein Bürger ist, nicht jedoch für Diebe, Landstreicher oder Herumlungerer!" Das ganze Volk jubelte ausgelassen. Offensichtlich war gegen die Regeln ihres Königs nichts entgegen zu setzten, doch das durfte auch keiner.

Des Königs Worte waren das, was niemand ignorieren durfte!George machte sich auf den Weg, seinen Verpflichtungen nachzugehen.

Denn Räuber bedrohen den Wald und überfallen jeden Händler, die deshalb nicht mehr zum Königreich kommen. George nahm sich eine große Einheit und machte sich mit seinen Soldaten in den Wald auf. Nachdem sie nur ein paar Schritte gelaufen sind, sahen sie die Räuber, die mitten auf dem Weg ihr Lager aufgestellt hatten.

Die Räuber bemerkten schnell, dass ihr Lager nicht mehr sicher war und rannten der Königstruppe entgegen, um sie anzugreifen.

George sagte ein paar Worte zur Formation. Die Räuber waren Verbündete des benachbarten König-reiches, dem Königreich der Reichtümer. Warum klauen sie, wenn ihr Land doch nur von Gold glänzte?! George nahm sich den Anführer zur Brust, um ihn auszufragen, doch dieser ließ kein Wort von sich.

George dachte nicht daran, die Folterei einzuführen, deshalb ließ er den Räuber schuften. Er bekam nur wenig Essen, seine Mitstreiter ebenfalls.

Nach einer Woche harter Arbeit ließ er sich besinnen, doch zu sprechen, über das eigentlich bekannte Königreich, das wohl mehr Geheimnisse verbarg, als erwartet.

George bekam die Information, dass das Königreich seit Ewigkeiten eine Goldader besaß und diese so ausnutzte, dass deren Steuern die Bürger in den Ruin trieb. Deshalb haben sich einige gegen das Königreich entschieden und überfallen Händler, um überhaupt noch leben zu können. Mit anderen Worten, nun hatte George eine weitere Aufgabe. Den vermeintlichen Räubern gab er eine Chance. Unter Aufsicht durften sie in seinem Königreich leben und bekamen das, was sie brauchten, und es gefiel ihnen sehr. Sie halfen, wo sie konnten.

Währenddessen kümmerte sich George darum, als Botschafter den König Petro von dem Königreich der Reichtümer zu besuchen, um sich selbst ein Bild von dem Trubel zu machen und die wohl ratlosen und verzweifelten Gesichter der Bürger zu schauen.

Sein Gedanke erzeugte leider was viel Schlimmeres. Als er das Königreich betrat, wurde er von einem Soldaten angestoßen. Dieser bat allerdings vielmals um Verzeihung, er kniete und bettelte darum, nicht versklavt zu werden. George aber hatte niemals die Absicht, jemanden zu versklaven. Er befahl dem Soldaten aufzustehen und mit ihm zu seinem König zu begleiten. Neugierige aber auch hilflose Blicke umgaben George. Er konnte es nicht fassen, er sah teils Bettler, die sich kaum noch auf den Beinen halten konnten, und auch Bürger, die nur noch zerrissene Kleidung trugen. Was für ein schlimmer Zustand, ein Gespräch mit dem König war wirklich nötig, um dieser Brutalität ein Ende zu setzten. Doch er kannte den König nicht, das war sehr schlecht, denn es hieß, wer sich gegen ihn stellt, wird versklavt!

George setzte seinen Weg zum König fort, gab jedem Bettler einen goldenen Taler, aber diese Handlung war strafbar. Man durfte tatsächlich keinem Bettler auch nur ein Stück Brot geben. Schnell kamen Wachen aus jeder Richtung, die George umstellten, doch als sie sahen, wer da stand, verneigten sie sich vor ihm.

Doch nicht lange, denn ihr König schritt auf sie zu,um herauszufinden, wer für diese Aufregung gesorgt hatte! „So, König George! Welch eine Freude euch zu sehen, doch ihr solltet wissen, das Bettler in meinem König- reich nichts bekommen, höchstens tote Ratten!"

Seine Miene sandte Hass und niedere Blicke Richtung George aus, der ziemlich ruhig blieb.

„Solltet ihr noch einem Bettler aus meinem Königreich eine goldene Münze geben,so werde ich euch hängen lassen!"

Nun wütete George Gesicht und er platzte beinahe, begann trotzdem in Ruhe zu sprechen: „Wie könnt ihr es wagen, so zu sprechen!

Ihr behandelt euer Volk wie Sklaven, eure Steuern lässt Keinem mehr den Gedanken an Freiheit zu, sondern nur an Gefangen-schaft!" Aber Petro blieb eisig, als ob George nur kalte Luft aus seinem Munde gelassen hätte.

Er entgegnete: „Ihr habt mir gar nichts zu sagen, ab sofort sind wir im Krieg! Wenn ihr noch lebend zurück in euer Königreich wollt, beeilt euch. In einer Woche werden wir euch angreifen! Hahahahahahah, ihr seit doch jämmerlich! Wir werden euch in Grund und Boden zermalmen, viele Tote bei euch, viel Gold für uns!" George machte sich auf den Weg zurück, wieder wurde er von entgegenkommenden Räubern des unwürdigen Königreiches überrascht.

Doch seine Soldaten blieben bei ihm, sie ließen ihren König nie allein. Ohne das einer ein Opfer geben musste, liefen sie einander vorbei.

George ließ eine Botschaft an sein Volk verkünden, nun wollte er erst einmal mit seiner Königin Seraphin sprechen.

Sein Spion hielt ihn aber noch auf, ehe er in das Königsgemahl vor trat und sprach: „Mein König, das giftige benachbarte Königreich, es hat uns über-fallen, während ihr beim König war. Alle hier zeigen es nicht, doch haben sie sehr große Angst!" George musste feststellen, dass die Lage viel dramatischer aussah, als er vermutet hatte. Schnell lief er zu seiner Frau: „Meine Königin! Ich habe es gerade gehört, ist mit dir alles in Ordnung?" Seraphin kam ihm weinend entgegen und sprach: „Es war schrecklich, wir haben uns alle versteckt.

Doch die meisten haben sie mitgenommen, vermutlich als Sklaven, damit wir ihnen als Tribut unser Gold geben!" George nahm sie fest in seine Arme und versicherte ihr, dass er Rache schwört, aber nicht durch viel Todesopfer. Er dachte da an eine andere Möglichkeit, denn das Eichenland hatte selbstverständlich auch Verbündete, die so lebten, wie man es normal nennen konnte. Sie haben normale Steuern und jeder lebt dort im Wohlstand!

George ritt alleine zum Königreich der Berge, dort wurde er mehr als herzlichst empfangen. Zu deren Bedauern ließ er die Begrüßung etwas matt ausfallen und machte sich sofort auf dem Weg zum König Arthur. „Willkommen mein Freund! Schön, dass ihr einmal vorbei schaut! Womit kann ich euch helfen?"

George, voll außer Atem, hielt kurz inne und dann sprach er: „Wir stehen im Krieg mit dem König Petro!" „Waaaaas" rief Arthur entsetzt. „Wie konnte es dazu kommen, habt ihr ein Mord an seinen Bürgern begannen?" „Nein, ich habe ihm gesagt, dass sein Land, das nur aus Gold besteht, keine Bettler oder Sklaven haben sollte. Ich gab einem Bettler einen goldenen Taler, dieser ließ Tränen voll Dankbarkeit von sich. Doch seine Wachen umgaben mich und er erklärte mir, nachdem ich ihm sagte, er solle seinen Bürgern keine so hohen Steuern abnehmen oder sie versklaven, den Krieg!" Arthur wurde kreideweiß im Gesicht, murmelte aber noch was von sich: „Nun,hat er euch schon angegriffen?"

„Ja, während ich bei Pedro war, überfiel er mein Königreich und versklavte einige meiner Bürger, für die er jetzt bald Gold verlangen wird!"

Arthur stand auf. Ihm war die immer mehr steigende Wut ins Gesicht geschrieben, dann brüllte er: „Dieser Narrrrr! Er hat keinen Respekt mehr, nun ist er zu weit gegangen, wir werden jetzt schnell zum Königreich der Götter reiten und dort mit König Dragolus sprechen, der wird uns Rat geben und euch im Krieg unterstützte!"

In Windeseile ritten sie zum Königreich der Götter,das in einer sehr unwirtlichen Gegend zu hause war, dennoch für Recht und Ordnung stand. Unter allen Königen war es der Herrscher war!

Die Wachen ließen sie passieren und sie rannten zum König Dragolus. Arthur nahm sich Mut und Entschlossenheit zur Brust und fing an, über Pedros Ungerechtigkeit zu sprechen, doch George war schneller...

Er verneigte sich vor Dragonus und sprach: „König Dragonus, ich bin weit geritten mit König Arthur, um euch von der schandhaften Kriegserklärung des Königs Pedros zu berichten....." Ehe er weiter sprechen konnte unterbrach ihn Dragonus: „Das ist ein königliches Strafbegehen, was Pedro da begangen hat, dafür wird er seinen Thron abgeben müssen. Er hatte schon sehr oft Seraphin, eure Gemahlin bekämpft, doch seit er weiß, dass sie einen Gatten hat, ist er immer streitsüchtiger geworden, denn er hatte sich in Seraphin verliebt, aber sie wollte ihn nie. Sie hasste ihn. Nur deshalb ließ er ihr Königreich damals in Ruhe. Nun ist seine Zeit abgelaufen, ich habe Folgendes vor...." Dragonus berichtete George und Arthur, was er plante, doch George hatte eine bessere Idee, Dragonus war im Sinn, Petro mit Gewalt zu bekämpfen.

Doch George dachte er daran, Petro abzulenken, ohne Todesopfer zu verursachen. Nachdem er Dragonus seinem Plan erzählte war dieser sehr erstaunt und machte sogar mit. Jeder König wusste nämlich, das Petro nichts auf der Welt lieber haben wollte als Gold.

Deshalb hatte George die Idee, Petro in eine Falle zu locken. Natürlich würde er alle seine getreuen Wachen mitnehmen, doch das war noch vorteilhafter!

Dragonus ließ einen seiner Gefangenen frei, wenn er so tat, als wäre er ein Spion von Pedro, der vom Königreich Eichenland eine Schatzkarte, mit dem Befund einer Goldader gestohlen hätte!

Dragonus Botschafter berichteten ihm, dass Pedros Truppen sich bereits auf dem Weg zu einer gottverlassenen Burg gemacht hatten.

Dort gab es einen einen alten, aber noch nutzbarer Kerker, der sich tief unten in der Burg befand. Das war das Zeichen. George Amulett leuchtete hell auf, die beiden anderen Könige schauten sehr neugierig darauf und dann ritten sie los.

Es lief nun wie gefolgt ab, Dragonus Truppen hielten sich versteckt bei der einsamen Burg auf und würden dann, wenn Pedro und seine Truppen im untersten Kerker sind, die Türen dicht machen! Pedros Burg wäre fast unbesetzt, sie wurden nun von Arthurs Truppen eingenommen, was sehr einfach war.

Alle Gefangenen, die Pedro in der Tiefe seiner Burg festhielt, wurden befreit, natürlich auch seine Bürger, die voller Freude Tränen ließen und zurück ins Eichenland geführt wurden, mit Begleitung von König George!

Pedro war nun in Gefangenschaft und dachte nicht daran, seine Krone abzugeben. Doch als Dragonus ihm drohte, ihn für den Rest seines Lebens hier eingesperrt zu lassen, zeigte er Einsicht und übergab seine Krone und eine Unterschrift auf einem Pergament, auf dem nun schriftlich geschrieben stand, dass Marius, Pedros Bruder, den er lange nur als seinen Joker geheim hielt, zum König ernannt wurde!

Pedro wurde trotz seiner Einsicht in Gefangenschaft genommen, um über seine Drangsalierungen nachzudenken, die er seinem Volk angetan hatte. Marius dankte jedem König, indem er sie auf seiner Burg einlud, um Friedensverträge zu unterzeichnen.

Am nächsten Tag strahlte die Sonne sehr hell und ließ Wärme und Freiheit von sich, denn das Wort Freiheit wurde heute gefeiert.

Marius ließ nämlich alles Steuern auf einem normalem Niveau sinken und alle Bettler mit Arbeit versorgen!

Blaue Flaggen waren zu sehen, als alle drei Könige das Königreich der Freiheit betraten. Marius hasste das Wort Reichtum und fragte deshalb sein Volk, welchen Namen das Königreich annehmen sollte. Als alle das Wort „Freiheit" aus ihren Mündern ließen, beauftragte er den neuen Namen überall eintragen zu lassen.

Das Königreich von George trug die Farbe Grün, die von Arthur Rot und die von Dragonus, Schwarz.

„Herzliche Willkommen in meinem Königreich, ich möchte zwar nichts überstürzen, doch liegt es mir sehr am Herzen, mit Niemandem von euch im Krieg zu stehen!"

„Nun, dann lasst uns anfangen, die Friedensverträge zu unterschreiben", sprach Dragonus freundlich. Im nächsten Augenblick wurden alle benötigten Unterschriften und mit den Königsstempel auf Pergamenten verewigt! Schreiende Bürger warfen ihre Mützen hoch in die Luft und sehnten sich nach einer Feier.

Doch Dragonus hatte nicht alles gesagt, was er in Gedanken hatte, er war noch nicht ganz fertig und sprach laut: „Darf ich um eure Aufmerksamkeit bitten, denn ich muss etwas verkünden. Meinen Titel als Herrscher der Könige ist nicht mehr in meinem Sinne, es gibt einen König, dem dies eher gebührt! Ich spreche von König George.

Durch seine schnellen Entscheidungen und Ideen mussten wir nicht ein Opfer bringen.

Das Gold, was allen gestohlen wurde, haben die beraubten Königreiche wieder mit einer größeren Menge für den neuen amtierenden Herrscher der Könige, König George von Eichenland!!"

Unglaublich, dachte George, erst wird er König und jetzt ist er Herrscher der Königreiche. Das war eine große Ehre für ihn, und man mochte es nicht glauben, er hatte bereits einen Verbesserungsvorschlag, um vor Feinden für immer geschützt zu sein!

Es war zwar sehr gut, denn Niemand ließ seine Freude über den neuen Herrscher der Könige freien Lauf, doch Georges Amulett leuchtet gaaaanz hell auf! Alle waren ganz plötzlich still.............! „Vielen Dank,für diese Ehre, der neue Herrscher der Könige zu sein.

Seid versichert, dass ich unsere Königreiche in Schutz und Obhut erhalten lassen möchte,|ohne in Angst oder mit Hass zu leben!" „Dieses Amulett hat mir mein Opa geschenkt.

Er fand, dass ich der Auserwählte bin, der für größere Aufgaben zuständig sein soll, und wie ich bemerken darf, zeigt mein Amulett und meine Weisheit die schlausten Entscheidungen voraus!"

Ein Bürger setzte ein: „Was ist, wenn euer Amulett, Herrscher der Könige versagt?" Diese Frage brauchte nun eine sehr gute und hoffnungsvolle Antwort! „Ich treffe meine Entscheidungen mit meinen Gedanken, mit Wissen, mit Herzen und natürlich auch mit Absprache der anderen drei Königreiche, die sehr wohl ihre Meinungen vertreten dürfen! Mein Amulett ist ein Glücksbringer, doch es hat mich noch nie enttäuscht!"

Das ganze Volk war sehr faszinierend über diese Ansprache. Es folgte ein riesiger Jubel, der signalisierte, das Fest konnte beginnen!

Vier Königreiche feierten zum ersten Mal seit 10 Jahren ein Fest zusammen, das ein ganz besonderes Fest war. Jeder konnte lange und ausgelassen feiern.

Selbst Diejenigen, die sich nicht immer so aufrecht verhalten hatten, wurden als normale Bürger aufgenommen und durften wie alle anderen mitmachen. Die Feier begrüßte den nächsten Morgen. Mittlerweile waren alle eingeschlafen, doch nicht mehr mit dabei war George. Er war schon am Vorabend früh zu seinem Königreich zurückgekehrt, natürlich hatte er sich vorher bei den anderen Königen verabschiedet. Nun lag er neben seiner Königin im Bett, die Beiden hatten eine traumhafte Nacht.

Sie haben nämlich ein Kind gezeugt! Von nun an bestand George darauf, dass Seraphin nur noch in einer ruhigen Umgebung Aufenthalt gewährt wurde. Kein Krieg mehr, keine Bauern, die sich darüber aufregten, dass ihre Hühner nicht mehr genug Eier legten, sondern nur Ruhe und Zufriedenheit.

Doch leider hielt die Ruhe nicht lange genug inne, denn Botschafter und Spione aller vier Königreiche hatten ihre Könige davon berichtet, dass ein neuer König sich in ihr Reich geschlichen hatte. Er nannte sich König Hektor.

Ein grausamer König, laut seinem Ruf ist er am liebsten dabei, seine Sklaven jeden Tag zu quälen, bis sie tot sind, und die Bürger leben in Armut. Die Gattin dieses Königs hatte bereits sechs Söhne. Alle, bis auf einen, waren wie der Vater. Dieser Sohn hatte es sehr schwer. Er war wie seine Mutter rücksichtsvoll und freundlich.

Doch seine Brüder und insbesondere sein Vater, der König sorgten dafür, dass die gute Seite ihres jüngsten Sohnes niemals in Öffentlichkeit geriet. Es war mittlerweile schon so schlimm, dass es dem König nichts mehr ausmachte, wenn er hörte, dass seine Königin missbraucht wurde. Das öffnete weder sein Herz noch seinen Kopf zum Nachdenken. Ja das Einzigste, was er mit seiner Frau machte, er schwängerte sie mit harter Gewalt. Sie schrie nicht, weil sie Liebe empfand, sondern weil sie jedes mal starke Schmerzen hatte, die nie nachließen, weil er es ihr immer antat, ob nun nach einem verlorenem Krieg oder, wenn er voll betrunken nach Hause kam.

Die Kinder dachten nur, sie bekom-men bald wieder Geschwister, sie wussten ja nicht, dass ihr Vater in Wirklichkeit nur mit der Königin schlafen wollte, um seine Wut auszulassen.

George ließ einen Krisenstab einbeziehen und forderte alle Könige zu einem Treffen auf. Alle kamen, um Georges schlaue Ratschläge oder Ideen zu hören, die es dieses Mal echt in sich hatten.

Seine Miene nach zu beurteilen, schien die Lage sehr ernst zu sein, und er begann auch sofort zu sprechen: „Der neue König in unserem Lebensraum ist ein hoffnungsloser Fall, denn er terrorisiert nicht nur seine Bürger, sondern er hält jeden Händler vom Weg ab und bringt alle um, die nicht für sein Recht stimmen. Deshalb schlage ich vor, wir werden zu ihm gehen und handeln aus, dass er nach unseren Bedürfnissen unter-schreibt, also, dass er sich unseren Lebensräumen nicht mehr nähern darf. Sollte er das ignorieren, erklären wir ihm den Krieg!"

Niemand unter den Königen, die nicht George hießen, hatte etwas dagegen zu sprechen, doch das war auch nicht zu erwarten. Als jeder davon ausging, öffnete sich Dragorun, um noch seine Meinung in den Raum zu stellen: „Ich finde diesen Plan gut, aber was ist, wenn er noch Anhänger hat, von denen wir überhaupt nichts wissen?" George nahm sich zusammen, doch Ratlosigkeit schien nicht von ihm auszugehen, eher Zuversicht! „Sollte es tatsächlich so sein, dass er Anhänger hat, so werde ich die Gottheiten um Unterstützung im Kampf bitten. Die sind übermächtig und es gibt Niemanden, den sie fürchten müssen!"

Die vier Könige nahmen sich zusammen und folgten dem Weg zum Königreich der furchtlosen Hölle, wo der König Hektor zu hause war! Jeden Bürger, wenn es überhaupt Bürger waren, sahen sehr schlecht aus.

George dachte nach. Diese Gegend schien einer Vulkangegend zu ähneln wie die Mission, die er damals für das Amulett erfüllt hatte.

Nur dass er jetzt drei Königreiche hatte, die zu ihm hielten, und nicht mit den schwarzen Mächten in Begegnung treten wollte, sie hatten Angst!

Ein riesiges Tor zeichnete den Eingang zur Hölle von König Hektor, der scheinbar schon auf sie gewartet hatte. Deshalb kam er ihnen einer Armee entgegen, die so groß war wie alle Armeen der Königreiche von Arthur, Dragorun und Petro zusammen. Nur die Armee von George hätte wohl eine Chance im Kampf Mann gegen Mann mitzuhalten.

„So so! Welch eine Ehre, Licht kommt in meine dunkle Welt, vier vollkommen idiotische Könige stellen sich ihrem Herren!

Sehr gut, ich befehle euch, hängt euch gegenseitig auf! Eure Köpfe will ich behalten, als Andenken. Vier Idioten und der schlaue König, ich, haahahahahaha!"

„Dir wird dein dummes Geläster schon noch vergehen, du Höllenspion, niemand will dich in unserem Lebensraum, verschwinde oder wir werden kämpfen!!!"

„Hahahahahahaha! Ihr wollt kämpfen, ich werde euch vernichten, im Morgengrauen ist alles in dieser Gegend von Dunkelheit umgeben und nun verschwindet!"

Wieder auf dem Heimweg, waren alle Könige, außer George, von Schwäche angefüllt. Keiner von ihnen zeigte, dass er würdig wäre, sich und sein Königreich zu verteidigen. Statt dessen nahm Dragorun das Wort auf und brüllte George an: „Du Idiot, warum habe ich dir die Herrschaft übergeben, damit du uns alle in den Niedergrund stürzt? Du bist ein Nichtsnutz, verschwinde........."

Doch George drehte sich um und hielt Dragorun ein Messer vor die Schläfe. „Du Feigling, glaubst du echt, dass ich mich auf so etwas einlasse, ohne selbst eine Armee in den Kampf zu schicken? Hektor wird verlieren, dafür lege ich meine Hand ins Feuer!"

Im Morgengrauen zog eine riesige Armee von Hektor seinen Weg in Richtung von Georges Königreich. Die Armee war überwältigend, aber nicht nur die Armee von Hektor. Es war, wie Dragorun voraus sagte, er hatte Verbündete, drei an der Zahl. Selbst wenn George seine Armee dagegen setzten würde, könnte er nicht überleben, doch daran dachte er auch gar nicht.

Er hatte einen besseren Plan! „Was sollen wir jetzt tun? Er wird uns alle töten!", schluchzte Arthur.

„Warten auf die Macht der Götter des Waldes, der berge, des Wassers und der Luft!"

Niemand verstand George, doch keiner hatte eine bessere Idee, als abzuwarten. Ob sie nun sterben oder erst in ein paar Minuten, darauf kam es jetzt auch nicht mehr an. George schritt langsam zum höchsten Turm seiner Burg und begann laut zu sprechen: „Götter der Luft, der Berge, des Waldes und des Wassers.

Ich rufe euch an, helft uns im Kampf gegen das Böse, denn sie stören euch auch, in dem sie Bäume ausreißen, das Wasser vergiften, Steine zermalmen oder die Luft durch einen roten Höllenschlund zu ersetzten!"

Georges Armulett leuchtete so hell wie noch nie zuvor.

Was nun geschah, nahm jedem, der auf der Seite von George war, den Atem! Der Wind wurde sehr stark.

Die Armee der beiden Verbündeten, von Hektor angestiftet, hielten sich nahe der Berge auf, die nun anfingen, große Felsen fallen zu lassen, die aber aufgrund des starken Windes überhört wurden!

Erst, als Hektor sich umschaute, befahl er lauthals: „Lauft um euer Leben ihr Narren!" Alle rannten ins Ungewisse, in die nächste Fallen, den die Bäume waren weg. Stattdessen waren dort stachlige Hecken, die mit Feuer nicht zu entfernen waren.

Diese rasiermesserscharfen Hecken umgaben die ganze Armee. Dann folgte eine von Trauer erfüllte Stille, die jeden Geist vom Fluchen abgehalten hätte, weil sich niemand erschrecken würde!

Vom Königreich des Eichenlandes sah man es so, als würde eine fleischfressende Pflanze ihre Beute vergiften. Nur dass es kein Gift war, sondern Wasser. Das Geräusch nahm zu, vom Berg aus kam eine riesige Welle herunter geschossen, die keine Leben mehr innerhalb der Hecken ließ. Als das Wasser wieder zurück gewichen war, konnte man keinen ertrunkenen, aufgespießter oder lebendiger Soldat mehr zu sehen.

Allein die Natur blieb zurück, denn im nächsten Moment kämpfte sich die Sonne durch die dunklen Wolken und gab den Sieg bekannt!

Dargorun wendete sich zu George um und sagte: „Mein Freund, ich weiß nicht, wie ich an deiner Entscheidung zweifeln konnte. Es tu mir Leid, du bist ein wahrer Held der Könige!"

„Es braucht dir nicht Leid zu tun. Die Angst lässt Jeden so sprechen, nicht nur dich. Lass uns weiter in Frieden leben!"

Beide gaben sich die Hand, doch sie wussten, weitere Gefahren würden auf sie zukommen, und es gab Jemandem, der es bekämpfen konnte.

Ein König, nämlich George, und drei Königreiche, die zu ihm hielten. Da konnte man nur zuversichtlich sein, dass jeder wissen soll: Krieg ist kein Grund um Konflikte zu lösen, aber manchmal wohl notwendig, um für die Offenbarung und Klarheit zu sorgen.

Die Gerechtigkeit bleibt auf der Seite der Guten, der Hass auf der Seite der Schlechten oder der dunklen Magie.

Die Zeit verging nicht so schnell, dass sich nicht wieder irgendwelche dunklen Mächte versucht hatten, in ihren Lebensraum einzuschleichen.

Immer wieder drangen neue Diebesgruppen in das Land ein und waren dort zu finden, wo keine Menschenseele jemals ihr Lager aufstellen würde, außer Diebe.

George hatte aber momentan andere Gedanken, seine Königin Seraphin würde in ein paar Tagen ihr erstes Kind bekommen. Darauf waren alle Bürger sehr neugierig, ist es ein Mädchen oder ein Junge? Welchen Namen wird es annehmen?

Schließlich war es dann soweit, aus dem Gebärzimmer hörte man laute Babyschreie, während Seraphin ihre Tochter in den Händen hielt.

Sie was wunderschön, sie hatte himmelblaue Augen und federweiche Hände und lächelte ihre Mutter an. George vergoss Tränen vor Freude. Er war stolz, solch eine wunderschöne Tochter zu haben, die er jetzt in die Arme schließen durfte, und sie lächelte ihn an.........

„Welchen Namen werden wir ihr geben, mein Schatz?"
„Was hältst du von Melissa?" George lächelte vor
Begeisterung. „Ein schöner Name, meinst du nicht
auch, Melissa?"

Melissa lächelte, sie zeigte doch tatsächlich auf die
Blumen auf der Fensterbank, dort stand eine Melisse!
George übergab Melissa wieder in die Arme ihrer
Mutter, die sie nun stillte. George ging zum Balkon und
sah die Bürger unten sehr neugierig stehen. „Haben wir
eine Prinzessin oder einen Prinz, mein König?"

Doch ehe George ihnen sagen wollte, dass das
Königshaus eine wunderschöne Tochter zur Welt
gebracht hatte, trat Seraphin mit Melissa in Erschei-
nung und sprach: „Wir haben eine Tochter, sie heißt
Melissa!"

„Das Volk jubelte und warf seine Mützen hoch in die
Luft. Ein kleines Mädchen hatte den Wunsch, Melissa
etwas zu überreichen.

Die Wachen hätten es nie gestattet, doch George erlaubte es und ließ das Mädchen auf den Balkon führen.

Sie machte große Augen, als sie Melissa sah, und sie fragte respektvoll dem Königspaar und verneigte sich: „Meine Königin, mein König. Ich bitte darum, diesem Mädchen ein vierblättriges Kleeblatt auf die Stirn legen zu dürfen.

Ich habe nach diesem Kleeblatt seit Wochen gesucht, für diesen Augenblick!" George sagte: „Nur zu, lege es unserer Tochter auf die Stirn, habe keine Angst!"

Das Mädchen lief ganz langsam, sehr nervös auf Melissa zu und legte ihr sehr sanft das Kleeblatt auf die Stirn und sagte noch: „Liebe Melissa, ich wünsche dir viel Glück und Segen in deinem Leben, möge dich dieses vierblättrige Kleeblatt beschützen!"

Nach ihrer freundlichen Handlung kam dem Mädchen nur in den Sinn, schnell nach unten zu rennen, in die Arme ihrer Mutter, der Verwunderung ins Gesicht geschrieben war! Doch der König sagte „Warte, geh noch nicht, wer unserer Tochter ein so schönes Klee-blatt schenkt, soll dafür belohnt werden!"

George verschwand kurz im Königshaus, als er wieder zurück kam, ,|übergab er dem Mädchen eine wunder-schöne Muschelkette, doch eher es sie ihr umhängen wollte, fragte er nach ihrem Namen.

„Ich heiße Mia, stammelte sie, als ob ihr Name auf einer Liste für gesuchte Verbrecher stand!"

„Hier Mia, diese Kette gebührt dir, sie soll dir Glück bringen, wie dein Kleeblatt unserer Tochter. Nun gehe zu deiner Mutter!"

Mia, deren Name aber keine besondere Rolle mehr spielte, verschwand in den Armen ihrer Mutter voller Freude.

George lehnte sich über die Lehne des Balkons und sprach zum Volk:

„Nun da ihr in diesem Jahr euch alle sehr aufrecht gehalten habt, ohne schlimme Gerüchte über zu hohe Steuern, bekommt ihr nun eine Überraschung von mir: Brot für alle!"

Von der rechten Seite des Balkons begegneten ihm zehn Bäckerinnen, die alle ein riesigen Brotkorb bei sich trugen und diese George vor ihm mit Verneigung auf den Boden legten. Die Bürger konnten es nicht glauben, dass der König persönlich Brot verschenken wollte, doch so war es tatsächlich.

George warf dem Volk den Inhalt von zehn Körben Brot entgegen. Jubel folgte, doch die Bürger prügelten sich nicht um die Brote, sie verteilten sie an jede Familie. Das gefiel George ganz besonders. Einer der Bürger trat vor und sagte:

„Vielen Dank mein König, für diese sehr freundliche Geste,das bedeutet uns wirklich viel!"

Nach der Ansprache gingen alle Bürger von dannen und das Königspaar zog sich ebenfalls zurück.

Die Tage vergingen schneller, zu schnell, wenn man eine kleine süße Tochter großzieht, dachten sich Seraphin und George. Melissa war nun schon so alt geworden, dass sie kein Kind mehr war. Sie hatte sich zu einer jungen gut aussehenden Prinzessin entwickelt, die sehr beliebt war! Und sie hielt sich häufiger mit ihrer Mutter auf, da George nun öfters auf Reisen war, um Geschäfte abzuschließen. Natürlich brachte er seiner Frau und seiner Tochter immer Geschenke mit. An Melissas 18. Geburtstag bekam sie von ihrem Vater dein ganz besonderes Geschenk.

Er übergab ihr sein Amulett, das nahm Melissa als große Ehre an und sie drückte ihren Vater sehr lange und dankbar.

Seraphin dagegen hatte nun eine wichtige Frage an George, warum er sein Amulett an seine Tochter verschenkte, es war doch immer sein Glücksbringer! Darauf sagte er, dass das Glück seine Tochter mehr entgegen bringen würde, wenn sie es bei sich hätte. Sie trug es immer, selbst beim Duschen Und sie hatte auch schon zahlreiche Verehrer. Viele Prinzen hatten ein Auge auf sie geworfen.

George entschied, eine Feier veranstalten zu lassen, wo sich Melissa selbst ihren Traumprinzen aussuchen durfte. Vier Prinzen standen zur Auswahl.

Zu einem der Prinz vom ehemaligen Königreich der Hölle, das jetzt auf dem Namen „das Königreich des Lichtes" bestanden, dann der Prinz vom Königreich der Berge, außerdem der Prinz vom Königreich der Götter und der Prinz vom Königreich der Freiheit standen zur Auswahl.

Eine großartige Feier fand statt, die Könige der Königreiche von denen, die geladen waren, waren sehr erstaunt über die Schönheit Melissa!

Melissa hatte ihre eigene Vorstellung, um sich den richtigen Prinzen auszusuchen. Sie stellte jedem Prinzen Fragen, tanzte mit allen und aß persönlich mit jedem. Der Prinz vom Königreich der Hölle hatte anscheinend gute Tischmanieren, er nahm sein Essen vorzüglich zu sich, er konnte auch sehr gut tanzen und seine Antworten auf ihre Fragen gefiel Melissa sehr.

Das schien die Vorentscheidung zu sein. Die Prinzen der Königreiche der Freiheit und der Berge ließen leider zu Wünschen übrig. Der Prinz vom Königreich der Hölle hatte sich sehr heraus geputzt und stand nun mit dem Prinzen vom Königreich des Lichtes im Gleichstand. Jedoch für Melissa war die Entscheidung dann doch schon gefallen, die sie nun in großer Andacht ihrem Volk, den anderen Königen und ihrem zukünftigen Prinzen aussprechen wollte. „Ich möchte mich noch einmal ganz herzlich dafür bedanken, dass ihre alle so zahlreich erschienen seid. Ich habe meine Entscheidung, zu der Wahl meines Mannes getroffen und möchte diesen nun verkünden..... Es ist der Prinz vom Königreich des Lichtes!!!"

Alle waren sehr verwundert,|denn dieser Prinz war ja der einzige Prinz dieses Königreiches, das zur damaligen Zeit nicht vernichtet wurde.

Es war der Prinz, der das Herz und die freundliche Art seiner Mutter übernommen hatte, er war nun der Verlobte von Melissa.

Tatsächlich machte Robinus einen recht freundlichen Eindruck, er begann schnell seine Rede vor dem Volk entgegenzubringen: „Sehr geehrte Königinnen und Könige, Bürger, und euch Kinder spreche ich selbstverständlich auch an: Ich freue mich sehr, dass die Wahl des Prinzen, der nun an der Seite von der Prinzessin Melissa vom Königreich vom Eichenland stehen darf, auf mich gefallen ist! Die Ehre gebührt mir auch besonders, da ihr Vater der mächtige und erhabene König von Eichenland, König George ist. Ihr sollt wissen, dass ich eure Tochter bis zu meinem Tod beschützen und lieben werde!"

Das Volk ließ zu erkennen ,das diese Ansprache wohl anerkannt wurde, dass alle wussten, Melissa hat den richtigen Prinzen ausgewählt! Melissas Blicke nach zu beurteilen, war sie mit ihrer Entscheidung auch mehr als zufrieden. Von nun an lebte Robinus in dem Königreich des Eichenlandes bei seiner Verlobten, und nicht mehr bei seiner Mutter. Die aber wusste, dass die Zeit ihres Sohnes gekommen war. Im Kerker ärgerte sich derweil Pedro. Er konnte es nicht glauben, früher wollte Seraphin nicht mit ihm zusammen sein und jetzt ist sein jüngster Sohn mit der Tochter ein Paar. Er zeigte Hass und stahl sich durch das Töten der Wache, die immer auf ihn aufpassten mussten, um sein Ausbrechen zu verhindern, und ritt zum Königreich des Eichenlandes. Doch er kam nicht weit, er wurde von Georges Wachen aufgehalten, die ihn wieder fest hinter Schloss und Riegel brachten!

Diese Nachricht war zwar für alle Königreiche beunruhigend, bedeutete dennoch keine Gefahr. Trotz alledem ließ George eine Trauerfeier für die Wachen der Königreiche, die sich als Wache für Pedro angenommen hatten.

Das zeigte sehr viel Mitgefühl! Die Hochzeit von Melissa und Robinus kam immer näher. Der Prinz vom Königreich der Hölle aber schien doch etwas dagegen zu haben, dass nicht er, sondern Robinus Melissa zur Frau nehmen durfte. Als anscheinend harmloser Gast besuchte er Melissa und wollte ihr ein Geheimnis verraten. Dafür mussten sich alle Wachen entfernen, und das taten diese auch. Plötzlich riss Prinz Falko sich Melissas Körper an sich und schlug sie bewusstlos. Er schaute sich hastig um und bemerkte, dass die Wachen unterhalb der Treppe standen und daher nichts mitbekommen hatten!

Er hatte nur eines im Sinne, er wollte Melissa schwängern, um Anteile an der Königsfamilie zu haben! Darum riss er ihr wunderschönes Kleid vom Leib, legte sie auf den Tisch und vergewaltigte sie. Doch im letzten Augenblick erschien George in diesem Raum. Falko sprang auf und versuchte, den König zu erstechen, doch ohne Erfolg. Im Gegenteil, in George brannte selbstverständlich die Wut.

Er rief die Wachen und ließ Falko abführen und war kurz davor, Dradorun, dem König vom Königreich der Götter den Krieg zu erklären. Doch seine eigene Tochter hielt ihn davon ab, als sie die Worte aus dem Munde ihres Vaters hörte!

„Es ist nichts passiert, du hast mich gerettet, ich liebe dich Vater, doch würde ich eher vorschlagen, Falko in den Kerker zu schicken, wo sich Pedro bereits befindet!"

George zeigte eine Ausstrahlung gegenüber seine Tochter, die sagen sollte, du hast Recht, und ließ Falko in den Kerker der der Burg des Königreiches von Dragorun sperren, da Dragorun darauf bestand!

Dragorun bat George, Melissa, Robinus und auch auch Seraphin um Verzeihung und bat auch darum, diese unglückliche Aktion auf sich beruhen zu lassen! „Bedankt euch bei meiner Tochter, sie hat mich von schlimmeren Schritten gegenüber euch abgehalten!"

„Vielen Dank verehrteste Melissa, mein Dank ist natürlich keine Entschuldigung für die Tat meines Sohnes. Ich werde ihn mir ordentlich zur Brust nehmen!" „Nun, ich bin nicht so wirklich dafür, dass zwischen unseren Königreichen aufgrund falscher Erziehungsmethoden ein Krieg ausbrechen sollte.

Ich denke in dieser Hinsicht zu Gunsten von Euch anders als mein Vater, der eure Tat als große Bedrohung ansah, wie ich auch, nur das ich keine voreiligen Schlisse ziehen möchte!"

Respektvoll sah George seine Tochter an. Da kam auch schon ihr Verlobter angestürmt, der sie beruhigender-weise in seine Arme schloss. Eines wollte Melissa von ihrem Vater noch wissen: „Warum dachte er dieses Mal so? George nahm sie zur Seite und sagte: „Meine geliebte Tochter, ich selbst war schon mal in solch einer Situation, mit Seraphin. Doch uns hat die Liebe zusammengeführt und das Amulett hat dabei eine große Rolle gespielt.

Ich möchte nicht, dass dich irgendein nutzloser Prinz drangsaliert. Dein Verlobter hat Mut und Tapferkeit bewiesen, auch wenn er es dieses Mal nicht zeigen konnte.

Unsere Wachen haben ein Vertrauensbündnis gebrochen, doch eine Strafe wäre nicht gerechtfertigt, da du diese dazu aufgefordert hast! Ich weiß, dass Rache auf solch eine Weise nicht der richtige Schritt gewesen wäre! Du, liebe Melissa, bist sehr erfahrener geworden.Du triffst wahrlich immer die richtigen Entscheidungen, du kannst sehr stolz auf dich sein, deine Mutter und ich sind auch sehr stolz auf dich! Wir werden in Gedanke immer bei dir sein, und nun, gehe zu deinem Robinus!"

„Danke Vater, deine Vertrauensgabe und deine Nachsicht erfreuen mich sehr! Ich werde deine Worte niemals vergessen. Morgen steht unsere Hochzeit an, ich möchte dich als mein Trauzeuge haben. Das hat mir auch die Kraft meines Amuletts verraten, dass dir diese Ehre gebührt!"

Am nächsten Tag fand die Trauung statt. Vor dem Altar fragte nun der Pastor den Prinzen Robinus: „Willst du diese hier anwesende Prinzessin Melissa zu deiner angetrauten Ehefrau nehmen, sie schätzen, ehren, bis dass der Tod euch scheidet, dann antworte jetzt mit Ja!?" „Ja, ich will!", antwortete Robinus. Nun frage ich dich Prinzessin Melissa, willst du den hier anwesenden Prinzen Robinus zu deinem angetrauten Ehemann nehmen, ihn schätzen, ehren, bis das der Tod euch scheidet, dann antworte auch du jetzt mit ja!?" „Ja, ich will!", antwortete Melissa. „Nun,hiermit erkläre ich euch zu Mann und Frau. Du, erhabener Prinz Robinus,darfst deine Prinzessin jetzt küssen!" Ein langer mit Liebe geprägter Kuss schloss das Tor zur ewigen Liebe zwischen Melissa und Robinus! Das Königspaar rannte raus und wurde gefeiert, doch vorher gratulierten ihnen George, Seraphin, Dragorun und Secillia, die Königin vom Königreich des Lichtes!

George sprach: „Ich wünsche euch Beiden ein gesegnetes Leben, auf das ihr für immer in euer Liebe einen Weg finden werdet, der euch weiterhilft und zu neuen verführerischen Abenteuern führt!"

„Danke Vater, das bedeutet uns sehr viel!" Dabei sah Melissa ihrem Prinzen Robinus ganz tief und die Augen und gab ihm einen sinnlichen Kuss.

Ab sofort wollte Melissa ihren Vater auf seinen Geschäftsreisen begleiten! Das war ihm recht, aber nicht Robinus, der wollte nämlich Zeit mit ihr verbringen! Aber sie lehnte ab, weil sie ohnehin die Geschäfte, die bisher immer ihr Vater geregelt hatte übernehmen sollte, und sie ließ sich deshalb von nichts abhalten. Doch sie ließ sich auf Robinus ein, der dachte bereits an Nachwuchs.

Melissa auch und so wurde sie am Abend vor ihrer Reise von Robiuns verführt und die Beiden hielten ihre Hochzeitsnacht, wobei das Zimmer erleuchtet wurde von tausenden von Kerzen. Die hatte Robinus aufge-stellt, um die Atmosphäre zu verschönern. Das gefiel Melissa sehr! Eine unglaubliche Liebe ging von den Beiden ab, die sogar Seraphin und George fühlten! In aller Herrgottsfrühe brachen George und Melissa auf.

Melissa hatte ihrem Gatten noch eine herzhafte Nachricht hinterlassen. Sie ritten nicht alleine, sie wurden von einigen Soldaten begleitet, die teils zum Königreich vom Eichenland, teils vom Königreich des Lichts bestanden.

Die Reise stand dieses Mal leider unter keinem guten Stern, stattdessen hatte sich anscheinend jemand auf ihre Route festgelegt.

Eine riesige Räubertruppe hatte nämlich ein Lager aufgeschlagen, um sie aufzuhalten. Die Königlichen ritten normal am Lager vorbei, doch die Räuber sahen Melissa und prompt folgten sie den Königlichen.

Die hinterste Wache gab diese Information ohne große Aufregung nach vorne zum König weiter.

Der hatte schon eine Idee, von der Melissa nichts wusste und auch nicht eingeweiht wurde.

Da die Räubertruppe der königlichen Gruppe offensichtlich überall hin folgte, ritten die Königlichen durch einen gespenstischen Wald, was aber nicht dafür sorgte, die Räubertruppe vielleicht abgehängt zu haben Sie folgten den Königlichen in diesen Wald.

Ab einer bestimmten Stelle im Wald leuchtet das Amulett von Melissa, sie wusste nicht, was das zu bedeuten hatte. George flüsterte lediglich, sie solle keine Furcht haben, alles wäre in Ordnung.

Die Räubertruppe ritt weiter hinter den Königlichen her, als sich zwischen einer dichten Baumgruppe plötzlich wieder diese rasiermesserscharfen Büsche zum Vorschein meldeten und jeden Weg zur Verfolgung versperrten. Einer der Räuber warf mit einer Fackel, das war aber hoffnungslos, der Busch war da gegen immun. So konnte die Königlichen ihren Weg fortsetzten.

Nach einiger Zeit kamen sie endlich bei der Handelsförderation an, wo bereits alles auf sie gewartet hatten.

Hier waren nur die mächtigsten Könige zu sehen, zum Beispiel Helorus, der Magier der weißen Welt,|er war es, der Melissa sehen wollte, denn es war nicht üblich, das Prinzessinnen mit zu einem solchen Treffen kamen, doch Melissa strotzte nur so vor Selbstbewusstsein. Die Gespräche konnten beginnen, es ging erst einmal darum, Melissa einzuweihen.

Denn sie bestand nicht nur darauf, sie hatte sogar das Recht dazu. Nachdem sie auf dem aktuellsten Stand der Dinge war, machte sie sogar Vorschläge, doch ehe diese eingebracht werden konnten, ging es nun darum, das George,weil er schon ein bestimmtes Alter erreicht hatte, die Magierkunde erlernen musste, um sein Königreich vor schlimmeren Gefahren beschützen zu können! Helorus übergab ihm den Stein der weißen Magie und setzte diesen auf die Brust von George.

Der Stein leuchtet kurz auf, im nächsten Moment befand sich ein Sternensymbol, das Symbol der weißen Magie| auf Georges Bauch!

Seine Augen leuchteten, doch er musste eine Prüfung ablegen, gleich sollte ein Wesen aus der Unterwelt herbeigerufen werden, George soll es wieder dort hin zurück befördern! Dazu musste er seine ganze Macht einsetzten, es ging los.

Ein dunkles Licht erschien und eine schwarze Gestalt erschien, wohl aus dem Reich der schwarzen Magie! Melissa versteckte sich nicht irgendwo, sie schaute interessiert zu, wie ihr Vater reagieren würde.

George bewegte seine Lippen, aber er schien nicht wirklich zu sprechen. Man konnte es als Flüstern ansehen, dann, als das Wesen auf ihn zu kam, sprach er laut: „Febrerus!!" Seine Augen leuchteten und sein Symbol auf seiner Brust ebenfalls. Das Wesen verschwand augenblicklich. George hatte seine Prüfung hervorragend gemeistert! Erstaunte Blicke wandten dich George zu, selbst Helorus war beeindruckt von Georges Vorstellung.

Er kam auf George zugelaufen und überreichte ihm ohne zu zögern das Amulett der Magier.

Nun hatte er noch einen weiteren hohen Titel, erst König, dann Herrscher über die Königreiche und jetzt Herr der Magier. Er hatte sogar schon Verbesserungsvorschläge, die sofort eingesetzt wurden.

An jeder Grenze wurde jetzt ein Bannungszauber eingesetzt, der soll dafür sorgen, dass keine Banditen und schwarze Magier die Königreiche betreten konnten, und dadurch wurde George noch beliebter. Nun waren sie wieder auf den Weg nach Hause, doch sie kamen nicht weit, nicht Banditen, schwarze Magier oder sonst jemand, nein, alle drei Könige der benachbarten Königreiche schritten auf George zu mit ernster Miene.

Plötzlich wurde er gefangen genommen aber warum? Für George war es kein Problem sich aus den Fesseln zu lösen, dann fragte er seine scheinbaren Freunde, was denn wohl in ihnen gefahren sei?

Dragorun sprach: „Du hast uns verraten, George!

Wie konntest du nur, wir haben dir vertraut, und du missbrauchst einfach dieses so wertvolle Vertrauen! Wir sind sehr enttäuscht, dir winkt die Todesstrafe!!"

Doch ehe die drei Könige etwas machen konnten, setzte George einen Abwehrzauber ein. Niemand konnte ihn erreichen, er war in einer Art Schutzwand, die sich durch ein grünliches Licht kennnzeichnete. „Was hast du vor George, du ka……" „Ruhe, seit bitte ruhig!", entgegnete George in der Not! „Ich werde euch jetzt was zeigen, was ihr unbedingt sehen müsst!" George murmelte ein paar Worte und wie aus dem Nichts erschien eine Version, die Folgendes offenbarte:

In dieser Version wurde einmal das gezeigt, was George angeblich verbrochen haben sollte und dann aber auch die Wahrheit.

Er sollte doch tatsächlich einer großen Mörderbande, die sich die Rotmänner nannten, gesagt haben, wie sie am schnellsten zu Gold kämen. Nämlich durch den Eintritt in die benachbarten Königreiche von George!"

„Ja, genauso war es", sprach Dragorun. Er war sehr wütend, doch ebenso faszinierend, denn so was hatte weder er noch die anderen Könige jemals zu Gesicht bekommen! „So,meine Freunde, ich beweise euch nun, dass ich damit nichts zu tun habe!" Noch ehe jemand ein Wort sagen konnte erschien die andere Version, die sich George schon denken konnte, mit der schwarzen Magie zu tun hatte. Die Schwarze Magie hatte einen Weg gefunden, die Gedanken der drei Könige zu verwirren und denken zu lassen, George wäre ein Verräter! Zum Glück hatte George genug Macht, um seine Freunde vom Gegenteil zu überzeugen.

Die Könige verneigten sich, nicht zum ersten Mal, vor George, der arg wütend war. „Ich verzeihe euch nur, weil ihr von einer anderen Macht angegriffen worden ward, gegen die ihr euch niemals wehren hättet können!"

Dragorun trat abermals vor und sagte: „ Hanna …

(Wer Interesse an eine Fortsetzung hat, kann mir gerne ein Vorschlag zukommen lassen, was als nächstes geschieht (A.zerth@web.de)